閱讀123

國家圖書館出版品預行編目(CIP)資料

危險!請不要按我 / 侯維玲作 ; 黃文玉繪. --
第二版. -- 臺北市 : 親子天下, 2017.09
面 ; 公分 ISBN 978-986-95047-4-4(平裝)
859.6 106010214

閱讀 123 系列 04

危險！請不要按我

作者｜侯維玲
繪者｜黃文玉

責任編輯｜蔡忠琦、陳毓書
美術設計｜林家蓁

發行人｜殷允芃 創辦人兼執行長｜何琦瑜
副總經理｜林彥傑
總監｜黃雅妮 版權專員｜何晨瑋、黃微真

出版者｜親子天下股份有限公司
地址｜台北市 104 建國北路一段 96 號 4 樓
電話｜（02）2509-2800 傳真｜（02）2509-2462
網址｜ www.parenting.com.tw
讀者服務專線｜（02）2662-0332 週一～週五：09:00~17:30
讀者服務傳真｜（02）2662-6048
客服信箱｜ bill@cw.com.tw

法律顧問｜台英國際商務法律事務所．羅明通律師
製版印刷｜中原造像股份有限公司
總經銷｜大和圖書有限公司 電話（02）8990-2588

出版日期｜ 2007 年 9 月第一版第一次印行
2020 年 10 月第二版第四次印行
定價｜ 260 元
書號｜ BKKCD076P
ISBN ｜ 978-986-95047-4-4（平裝）

危險！請不要按我

文 侯維玲 圖 黃文玉

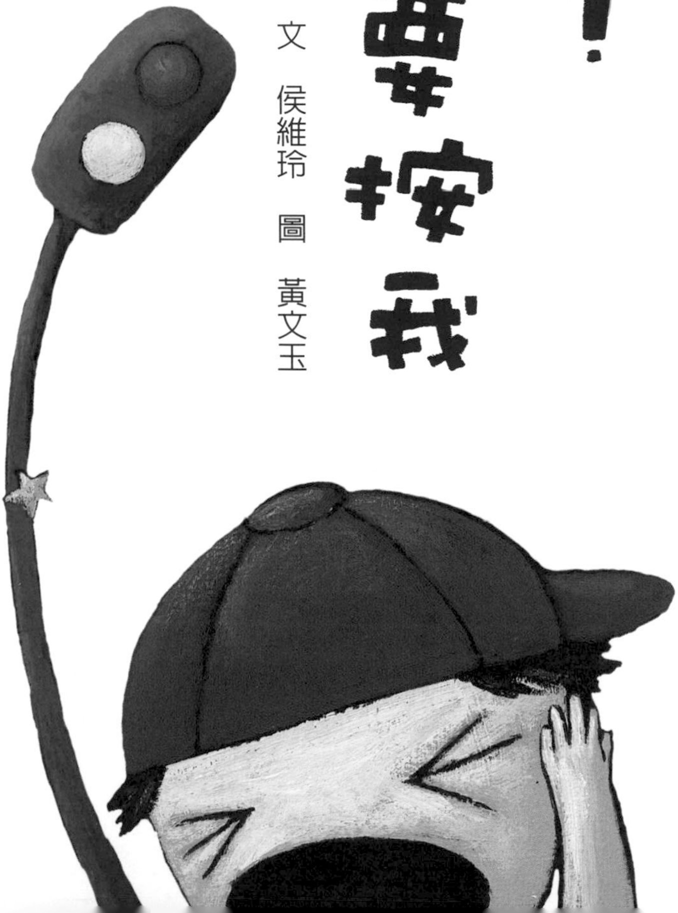

目錄

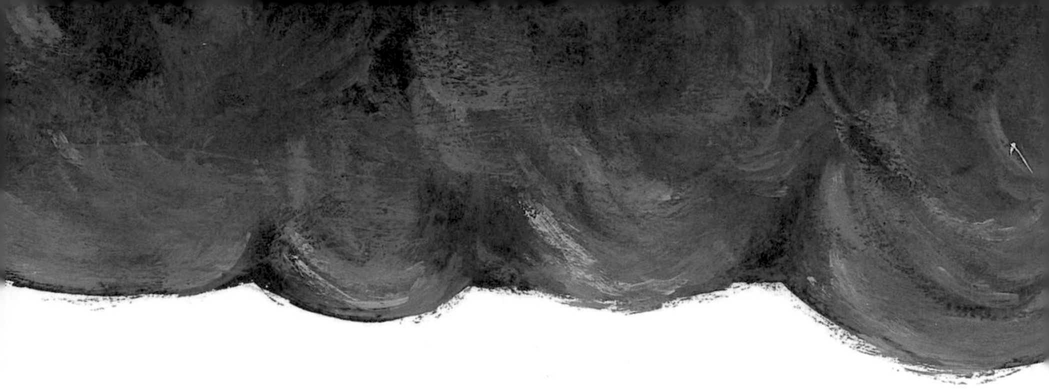

聽說有個小公主

聽說，有個小公主撿到一副老吸血鬼的假牙。

那副假牙的每一顆牙，都刷得白白亮

亮，而且又尖又長。

小公主戴上了老吸血鬼的假牙，高興得在皇宮裡跑來跑去。沒想到，她卻輕飄飄的從地板走到牆壁上，又從牆壁走到天花板上。

這真是有趣極了！

小公主再也不想摘下老吸血鬼的假牙，再也不肯回到地面上來。

「下來！這樣哪像個公主？」

小公主的奶奶舉著白玉枴杖，抬頭看著皇宮的天花板，罵人的嗓門又高又尖。

「快點下來呀，我的寶貝。」

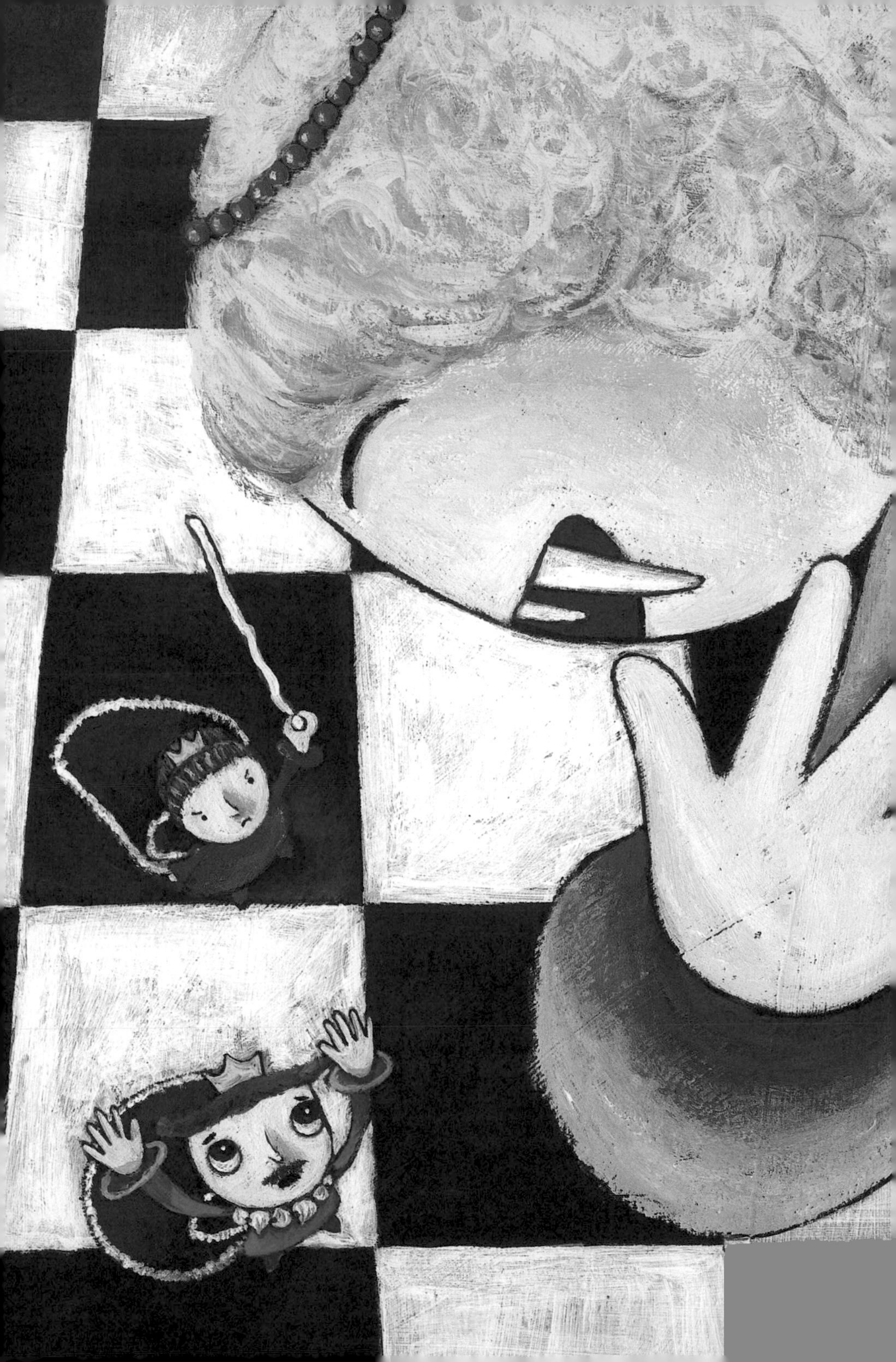

國王戴上吸血鬼最害怕的蒜頭項鍊，朝天花板伸出兩隻手臂，不斷哀求頑皮的小女兒。

只有王后不開口罵人，什麼話也不說。

她靜靜的搬來許多很舊、卻很舒適的繡花墊子，把它們擺在噴泉花園

的青草地上；又靜靜的搬來許多彩色和黑白的書本、一大壺清水和幾個可愛的杯子。

小公主看了，立刻輕飄飄的從天花板跑下來，趴在軟綿綿的繡花墊子上，並且摘下嘴巴裡的吸血鬼假牙，興奮的問：

「可以開始聽故事了嗎？」

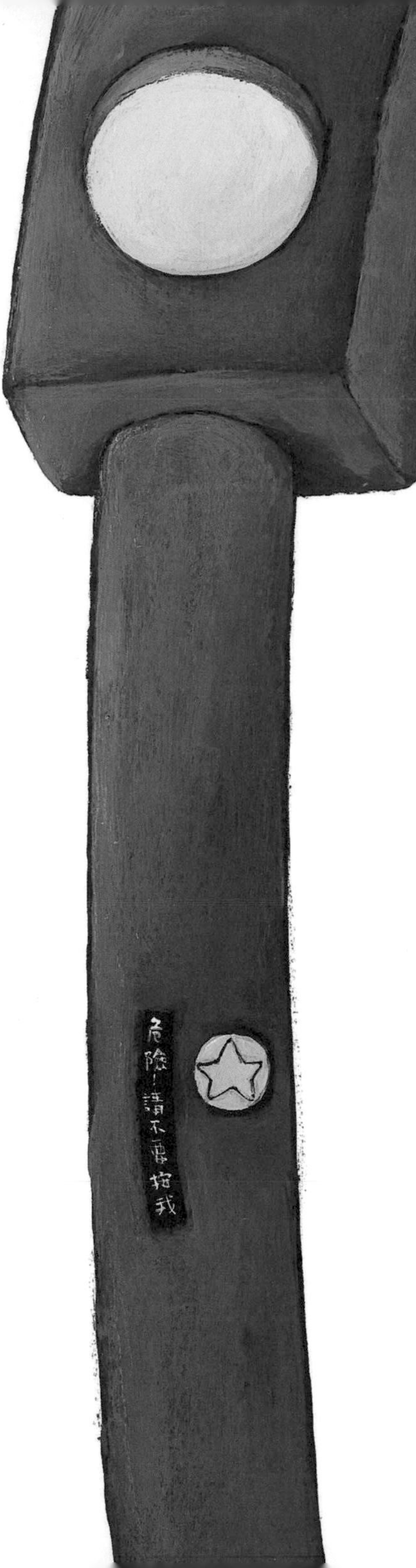

危險！請不要按我

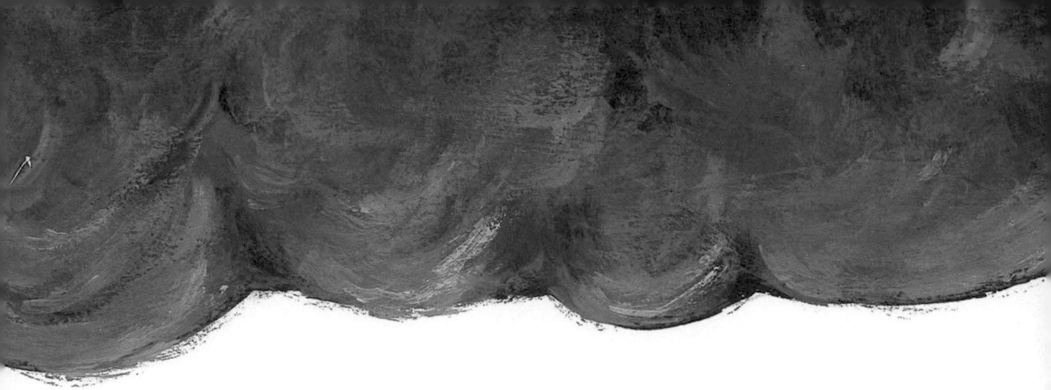

這是一個安安靜靜的星期日下午。大馬路上的車子和行人並不多。馬路兩旁種了許多高大、茂密的老樟樹；遠遠的看去，整條大馬路就像又寬又長的綠色隧道。

只要在最高大的那棵老樟樹旁拐個彎，就可以走進一條飄滿玉蘭花香氣的小巷。這條巷子也幾乎沒什麼聲音。

小巷盡頭的那棵老玉蘭樹，正安安靜靜的開著白色花朵。一陣微風拂過，白色的玉蘭花瓣就輕飄飄的從老樹上落下來……

「叮咚！」

老玉蘭樹旁，忽然響起清脆的門鈴聲。

「叮咚！」

「啾……」

「叮咚叮咚！」

「叮噹叮噹噹……」

「叮咚叮咚叮咚叮咚！」

才一下子，整條小巷就響起各種各樣的門鈴聲。

「汪汪汪！」

除了響了又響的門鈴聲，還有吵吵鬧鬧的狗叫聲。聽起來，好像有一隊很笨拙的管絃樂手正一邊演奏，一邊被一群小怪獸追得跑來跑去。

「誰啊？」

吳媽媽放下手上的《稀奇古怪》雜誌，從雕有月亮和星星的雕花大門裡，探出她那張圓圓的臉。她看見一個戴著紅色棒球帽的小男孩，伸手按林爺爺家的門鈴。

「哎唷，是誰啊？」

林爺爺抱著一隻小花貓，站在二樓的窗口。他看見樓下的巷子裡，有個戴著紅色棒球帽的小男孩。小男孩才剛按下王伯伯家的門鈴，就匆匆的逃走了。

福

「到底是誰在亂按門鈴？是誰？」

王伯伯頂著洗了一半的頭，從貼著「福」字的大門跑了出來。他也看見一個戴著紅色棒球帽的小男孩。小男孩正拚命的衝向巷口，還回頭對他吐舌頭、扮鬼臉。

「喂，小鬼，門鈴不是用來按著玩的！你就是喜歡亂按門鈴的小杉，對不對？」王伯伯氣沖沖的責罵小男孩，還叫出了小男孩的名字；他頭上的洗髮精泡泡，也跟著小聲的「啵、啵、啵、啵」響。

小杉跑啊跑，終於逃出這條飄滿玉蘭花香氣的小巷，在巷口那棵又高又大的老樟樹旁拐了個彎，來到大馬路上。

大馬路上安安靜靜的，車子和行人並不多。

小杉沿著大馬路旁的人行道走啊走，準備再挑一條安靜的小巷，玩玩「按門鈴遊戲」。

走著、走著，小杉走到一個十字路口。他發現行人號誌燈的柱子上，有顆像星星一樣、閃閃發光的銀色小按鈕。按鈕旁還貼著一行小小的警告標語：

危險！請不要按我

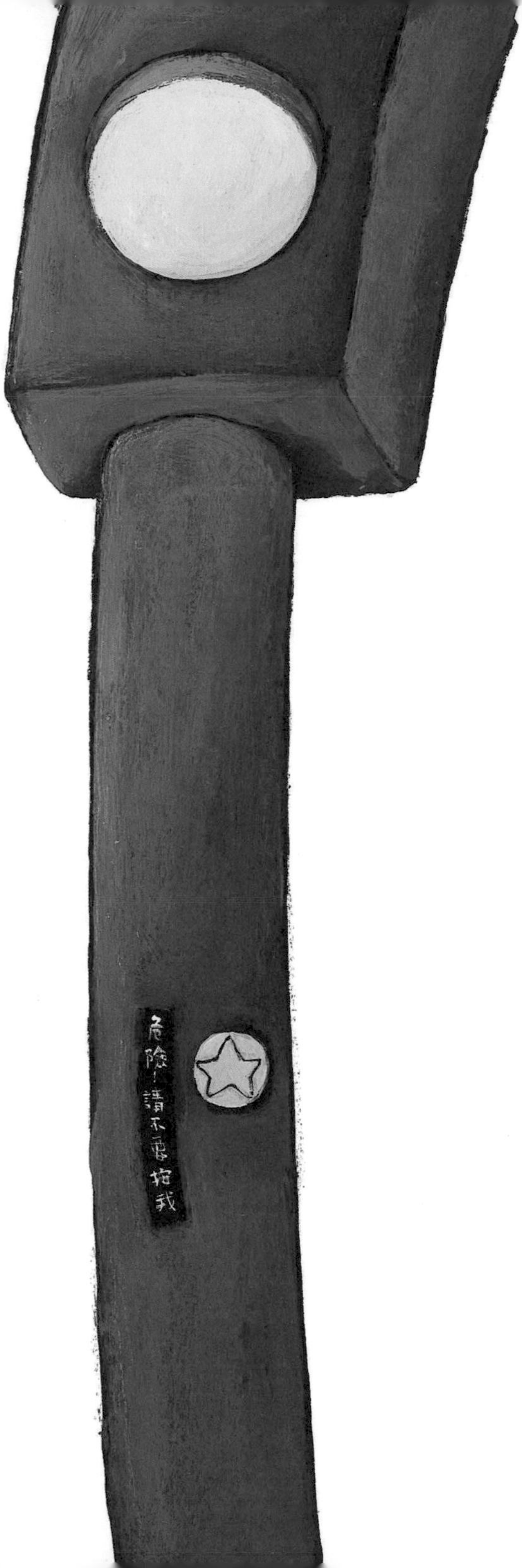

小杉歪著嘴笑了笑，立刻踮起腳尖，伸手按下那顆銀色的小按鈕。

「叮鈴鈴……」

清脆的門鈴聲在大馬路上迴響著。

原本晴朗的白天，一下子變成很冷、很暗的黑夜。

「好好玩喔！」

小杉不禁哈哈大笑，接著又踮起腳尖，伸手再按一次。

「嗚——」

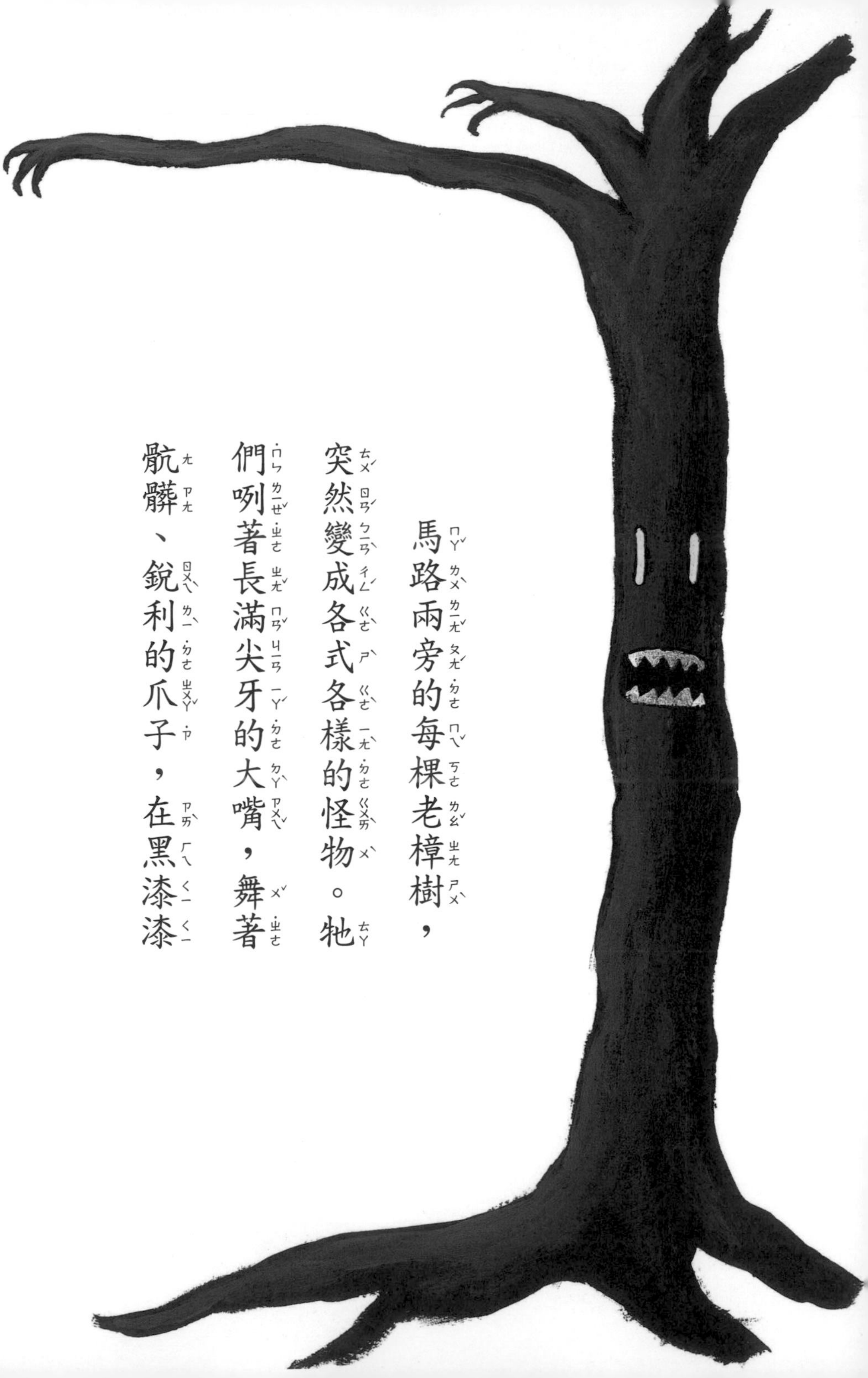

馬路兩旁的每棵老樟樹，突然變成各式各樣的怪物。牠們咧著長滿尖牙的大嘴，舞著骯髒、銳利的爪子，在黑漆漆

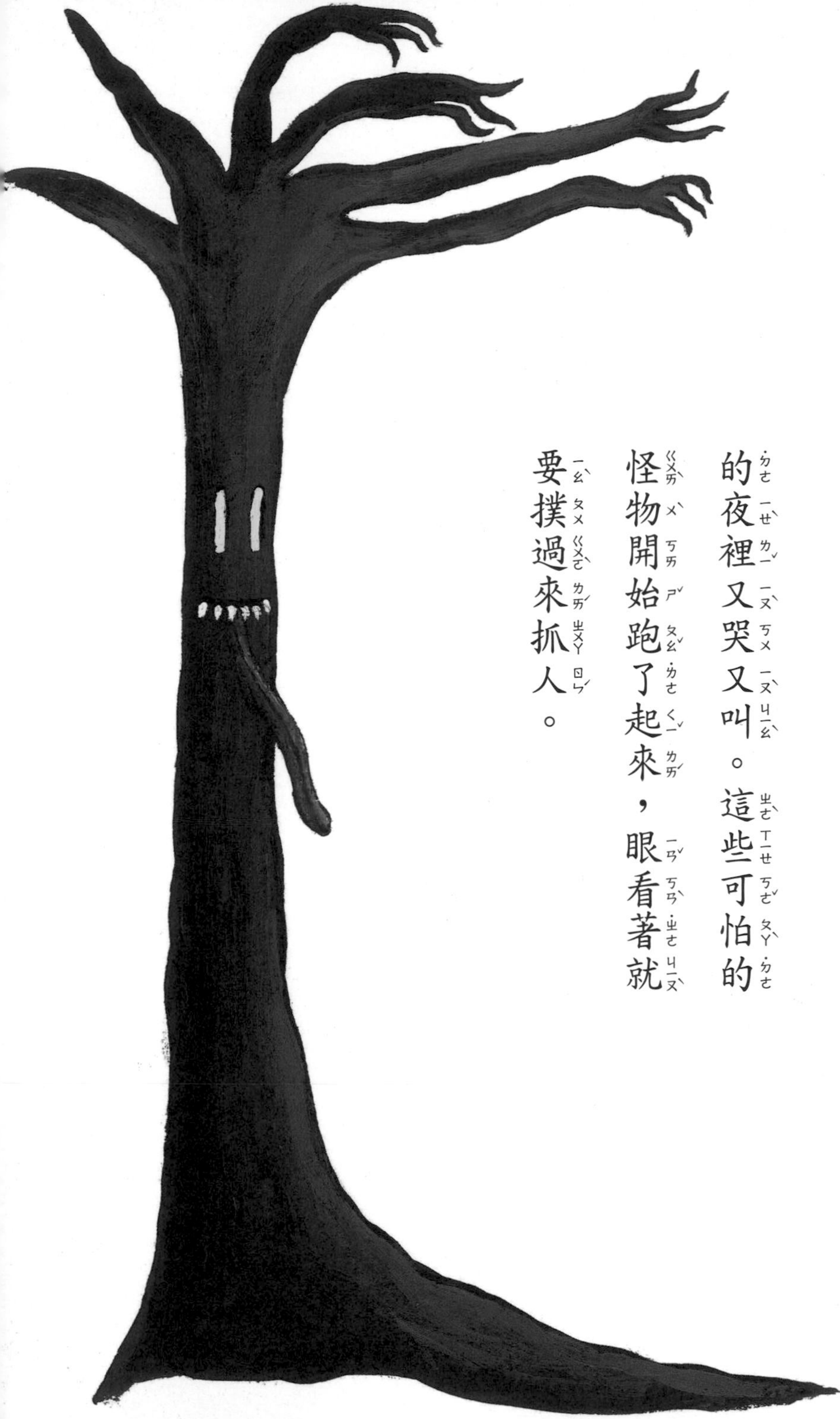

的夜裡又哭又叫。這些可怕的怪物開始跑了起來，眼看著就要撲過來抓人。

小杉嚇壞了。他馬上踮起腳尖，用力按下銀色的小按鈕。

「叮咚！」

恐怖的怪物、有著銀色小按鈕的行人號誌燈，還有那條大馬路，剎那間統統消失了。

小杉驚訝的發現——自己已經站在家門口。他放心的按了按門鈴。

門打開了。媽媽探出一張臉，皺著眉頭罵兒子：

「你跑到哪裡去啦？玩到現在才回家！」

小杉頑皮的笑了笑，趕緊鑽進門裡，接著卻放聲大叫：

「救命啊——」

媽媽的肩膀上，居然長出了三十三顆腦袋！

媽媽的每一張臉，都氣呼呼的瞪著他！

如果這個結局讓你害怕得發抖，甚至到了晚上都不敢一個人睡覺和上廁所，那麼，你一定、一定要繼續往下看……

「叮咚！」

不知道是誰又按了小杉家的門鈴。

門鈴一響，長了三十三顆腦袋的怪物媽媽就消失了。小杉自己一個人站在院子裡，面對關得好好的大門。

「是誰啊？」媽媽慢慢的走到小杉身邊。

「開門啊，小杉。」

小杉鼓起勇氣，看了媽媽一眼。

噢，幸好！媽媽的肩膀上只有一顆腦袋，臉上還掛著溫柔的微笑。

小杉一開門，立刻聞到玉蘭花的香味，立刻看見好幾張氣呼呼的臉！

按門鈴的是臉圓圓的吳媽媽、抱著小花貓的林爺爺、已經洗好頭髮的王伯伯，還有住在他們那條巷子裡的鄰居們，一共有三十三個人。

每個人都氣呼呼的瞪著他，並且不約而同的說：
「門鈴不是用來按著玩的！你就是喜歡亂按門鈴的
小杉，對不對？」

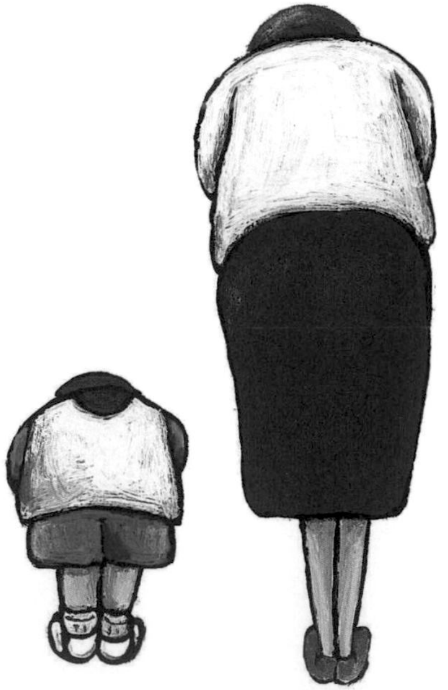

虎姑婆的廚房

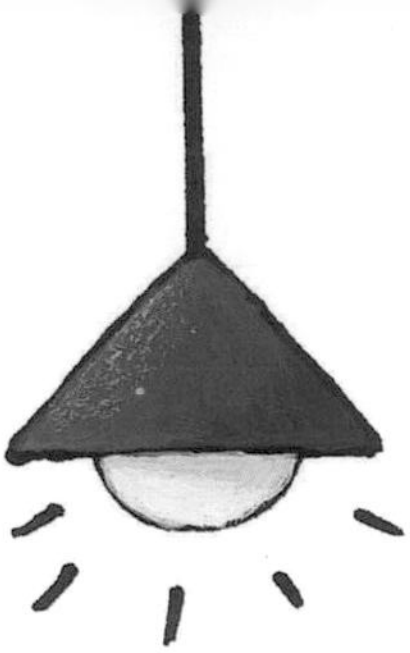

三更半夜的時候，竹林裡常常會亮起一盞小小的燈，燈光灰沉沉的，燈泡好像快壞掉了。

「那是虎姑婆的廚房。」

大人們看見了，老是這麼說。

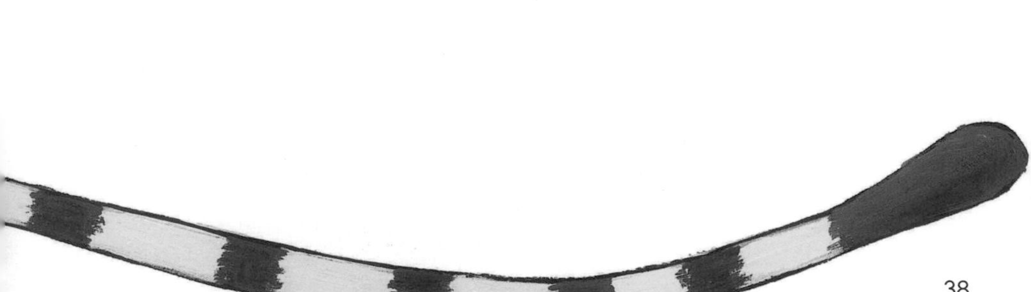

「聽見了沒？叩、叩、叩！喀、喀、喀！她正啃著某個小女孩的手指頭，嚼著另一個小男孩的腳趾頭……」

許多小孩聽了大人的話，都會害怕得說不出話來。

但是，個子很高的傑傑會說：「沒什麼好怕的！」

又瘦又小的小朵聽了，也會皺著眉頭說：「那些小孩真可憐。」

他們的弟弟小米卻很膽小，總是怕得摀住眼睛和耳朵，假裝沒聽到、也沒看到。

黃昏過後，大人們不會無緣無故走進竹林裡；小孩們更是不敢靠近竹林，甚至連遠遠的看一眼都不敢。

今天晚上，傑傑、小朵和小米卻不得不鼓起勇氣，手牽手，一起站在竹林的入口。

他們的小狗哈莉跑進竹林裡了。

「哈莉！」

「哈莉，快回來！」

「哈莉，你在哪裡啊？」

他們三個朝著竹林裡喊了好幾聲，哈莉還是沒出現。

「要不要到竹林裡把哈莉找出來？」

小朵冷靜的問。

小米聽了，不禁伸手摀住耳朵，往後退了好幾步。

傑傑似乎很猶豫，一句話也不說。

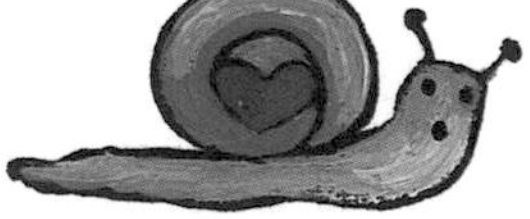

「走吧，說不定哈莉需要幫忙。」小朵說完，就小心翼翼的走進竹林裡。

「沒……沒什麼好怕的！」傑傑拉起小米的手，「走，一起去把哈莉找出來。」

「你先走……下一個換我。」小米結結巴巴的說。他快哭出來了。

竹林裡黑漆漆的，偶爾可以聽見奇怪的蟾蜍叫聲，有時還會有又溼又黏的東西滑過腳邊。

傑傑、小朵和小米一邊躡手躡腳的前進，一邊輕聲的喊：

「哈莉……」

「哈莉，快回來……」

「哈莉，你在哪裡……」

但是，哈莉還是不見蹤影。

竹林裡突然微微的亮了起來。

「看，那裡有一扇窗子！」傑傑緊張得蹲了下來。

「那一定就是虎姑婆的廚房。」小朵小聲的說。

「怎麼辦……」小米哭了。

虎姑婆的廚房離他們三個不遠，灰沉沉的燈光從窗子裡透了出來。

「叩、叩、叩！喀、喀、喀！」

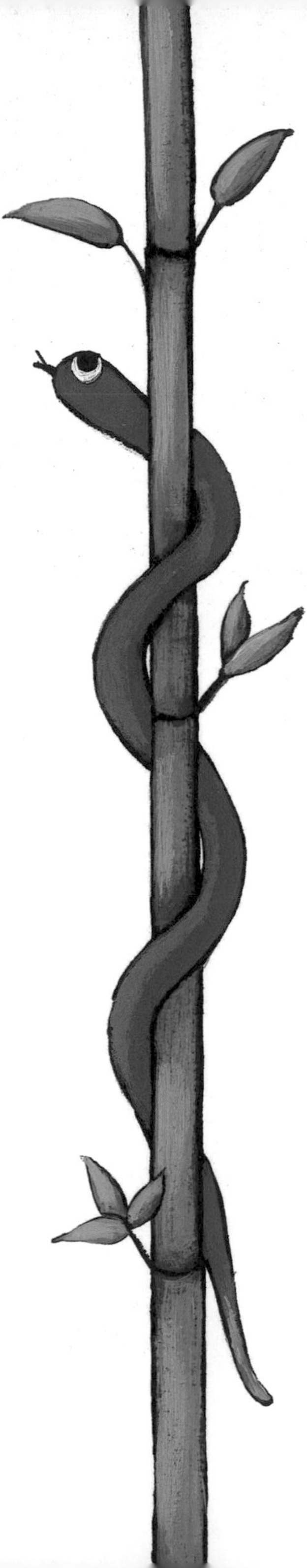

虎姑婆的廚房裡，傳出一陣陣令人毛骨悚然的怪聲。聽起來，好像有人正啃著某個小女孩的手指頭，嚼著另一個小男孩的腳趾頭。

「那些小孩真可憐。」小朵皺起眉頭說：「誰來救救他們啊？」

「虎姑婆正在啃的，會不會是我們的哈莉？」傑傑一邊說，一邊緊緊靠著小朵。小米也緊緊倚著傑傑。

「如果真的是這樣，我們一定要把哈莉救出來。」

小朵說完，深深吸了口氣，就慢慢的朝那扇窗子走去。

「沒……沒什麼好怕的！」傑傑又拉起小米的手，「走，一起去救哈莉。」

為了救哈莉，小米只好顫抖的點點頭，說：「你先走……下一個換我。」

他們三個越走越近、越走越近……

「叩叩叩！咚咚！喀喀喀！」

虎姑婆的廚房裡，還是吵個不停。現在，她似乎正握著一把榔頭，敲著某個小孩的大腿，打著另一個小孩的手臂。也許，她是想燉一鍋「小孩腿骨湯」，說不定還想蒸一籠「小孩碎骨頭湯包」。

情況越來越可怕了！虎姑婆的廚房裡，不知道還關著幾個小孩？哈莉是不是也被摀著嘴、關了起來？

「我們一起探頭看看裡面吧。說不定哈莉需要我們幫忙。」小朵這麼告訴傑傑和小米，「數到三喔，誰都不能先逃跑。」

「沒……沒什麼好怕的嘛。」傑傑勉強的點點頭。

「好……好……」為了救哈莉，小米也只好害怕的點點頭。

一，二，三！

「是誰？你們是什麼人？」

窗子裡，虎姑婆正舉著一把大榔頭。她的聲音聽起來，好像受到驚嚇的老虎。

「不准你吃小孩和小狗！快放了他們！」小朵勇敢的說。

但是，虎姑婆的廚房裡，除了亂七八糟的木頭和木屑，什麼也沒有。

「別聽你們的爺爺、奶奶亂說，我從來就沒吃過小孩。」虎姑婆搖搖頭，嘆了口氣，接著又繼續敲敲打打起來。

虎姑婆一邊敲打，一邊說：「我只不過是鋸鋸木頭、捶捶釘子，想替廚房添一張舒服的新椅子。」

她眨眨黃色的大眼睛，突然露出一個和藹的微笑。

「你們這些善良又可愛的孩子啊。」虎姑婆笑著說：「進來吧，幫我一個忙，好嗎？快，快

\ 兌換流程 /

Step 1 請掃描右方Qrcode

Step 2 確認訂購資料（姓名／手機／email）

Step 3 輸入coupon碼 2020StoryApp100
（有分大小寫喔）

Step 4 確認發票資訊

Step 5 輸入信用卡資訊

Step 6 發卡銀行3D驗證

Step 7 訂閱成功，直接下載APP登入會員帳號就可享用VIP

- 限首次購買 APP 用戶。
- 一組帳號限使用一次折價序號及優惠。
- 請注意！自次月開始將以月訂價 149 元自動續訂扣款，若要取消自動續訂，請在權益到期日前二天至網站的會員中心進行取消自動續訂扣款設定。

親子天下服務專線：886-2-2662-0332 周一～周五 9:00-17:30

進來。」

這下子可怎麼辦？

「既然虎姑婆都這麼說了，那就沒……沒什麼好怕的嘛。」傑傑往後退了幾步。

「你們兩個先進去……下、下一個再換我。」

小米也往後退了好幾步。

小朵雖然也很害怕，卻一心想著要救哈莉。她鼓起勇氣，大聲的喊：「哈莉？哈莉？你在虎姑婆的廚房裡嗎？」

「汪！汪！汪！」

哈莉突然從竹林的另一頭跑了出來。牠撲了撲小朵，又撲了撲小米和傑傑，接著就興奮的朝著竹林的出口跑去。

「啊——！」

三個小孩又高興、又害怕的放聲尖叫。他們追著貪玩的哈莉，頭也不回的跑出竹林。

「唉，連小孩都不肯幫我，什麼時候才能做好一把新椅子啊？」

虎姑婆無奈的搖搖頭，又繼續笨手笨腳的鋸木頭、釘釘子。

直到現在，每天三更半夜的時候，竹林裡依然會亮起一盞燈，燈光灰沉沉的，燈泡好像快壞掉了。

「叩、叩、叩！喀、喀、喀！」

虎姑婆的廚房裡，還是繼續吵個不停。

火花兒

有個小女孩跟其他的小孩不一樣，她的嘴巴會噴出金黃色的火焰。

真的，不騙你！

這個小女孩的綽號，就叫「火花兒」。

從出生到現在，火花兒總是控制不了嘴巴裡的火焰，動

不動就亂噴火，更沒辦法控制火焰的大小和強弱。

第一次學會叫「媽媽」的時候，她差點就把媽媽的頭髮燒得一根也不剩！

「我的小火花兒真特別！」

媽媽倒是不怎麼在意，還得意的親了親火花兒，說：

「我剛好想理個光頭，試試不一樣的髮型呢。」

但是……

不管是打嗝、打噴嚏、咳嗽、打呵欠……甚至不小心摔了一跤、叫了聲：「哎呀！」，火花兒常常管不住嘴巴裡的火焰，把大大小小的、金黃色的火焰噴得到處都是。

「沒關係，沒關係，長大以後
就好啦。」
外公總是一邊這麼說，一邊拿
著水桶、溼抹布和滅火器，跟在這
個小孫女的後頭滅火。

七歲的生日那天，媽媽替火花兒烤了一個很可愛的蛋糕。

火花兒噴出小小的金黃色火焰，順利點燃了插在蛋糕上的七根小蠟燭。

沒想到，吹蠟燭許願的時候，她一高興，竟然呼出長長的火柱，不但把蛋糕燒焦了，還燒光了所有的生日禮物。

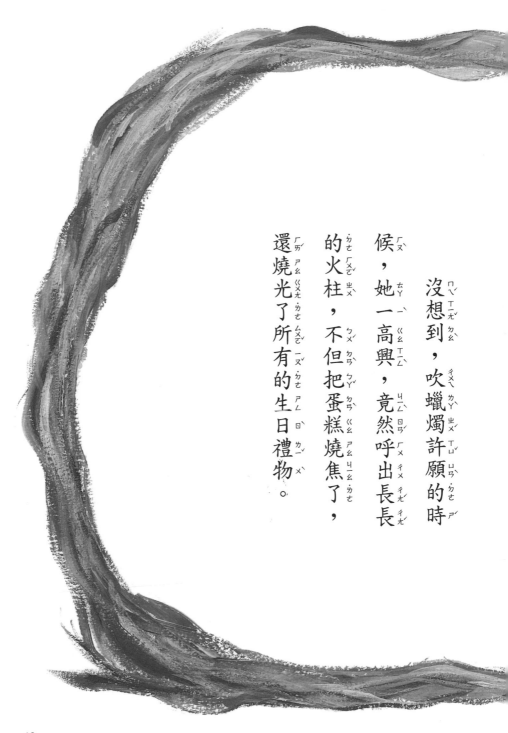

「唉，夏天過後就得上學了，這該怎麼辦才好啊？」外婆不禁擔心的說，還用果汁機打了一大壺的西瓜冰沙，要火花兒一口、一口喝下去，看看能不能消消火氣。

外婆擔心的果然沒錯——

火花兒上學後才沒幾天，就闖禍了。

「老師，火花兒笑得太用力，噴火烤焦了黑板！」

幾個同學尖叫著跑進辦公室，慌慌張張的跟李老師報告。

喜歡穿花靴子的李老師聽了，立刻擺動她那兩條穿著花靴子的長腿，喀喀喀的朝教室跑去。

教室裡安安靜靜的，同學們圍在火花兒身邊，個個張大了眼睛和嘴巴，驚訝的盯著她，好像她是一隻小怪物一樣。

黑板溼淋淋的，那場讓同學們尖叫個不停的小火災，火花兒很快就撲滅了。她一天到晚噴火闖禍，早就從外公那裡學會了各

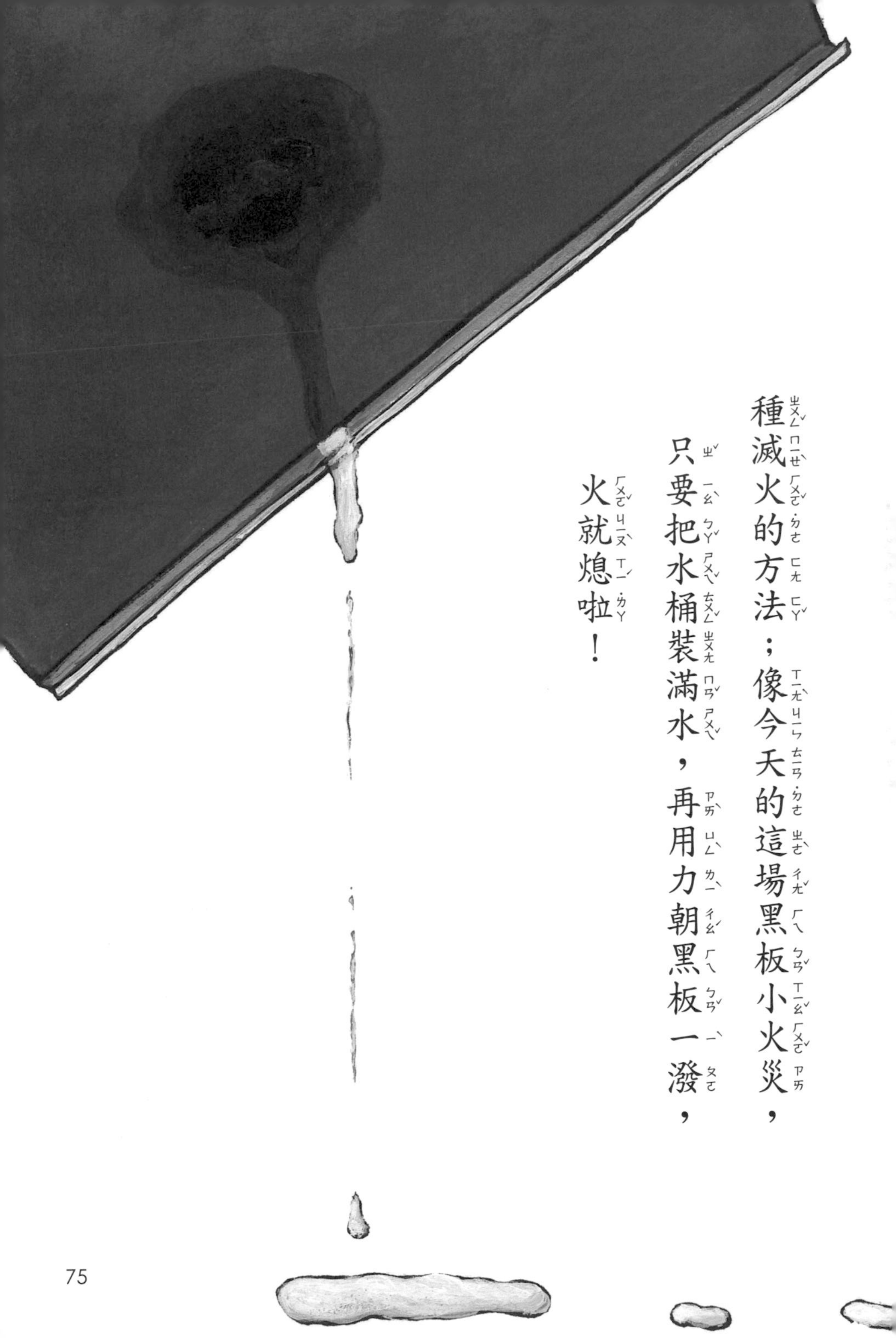

種滅火的方法；像今天的這場黑板小火災，只要把水桶裝滿水，再用力朝黑板一潑，火就熄啦！

李老師轉頭看看黑板。黑板被火花兒的金黃色火焰，烙下了一個焦黑的印子，看起來就像一張不快樂的哭臉。

「火花兒，沒想到妳的嘴巴會噴出火焰，這真是……嗯……特別！」李老師試著不亂尖叫、不露出大驚小怪的模樣。

火花兒低著頭，小聲的說：「我不是故意的。」

「我知道。你當然不是故意的。」李老師點點頭，

她真的相信火花兒不是故意的。

「如果有一天，你終於學會控制嘴巴裡的火焰，一定……一定可以做一些很棒的事。」李老師說完，趕緊吞了吞口水，免得自己一不小心又露出驚訝的表情。

「像什麼事呢？」火花兒抬起頭來，困惑的看著李老師。

「像……」李老師一時也想不出來，只好低頭看著自己的花靴子。

「讓我好好想一想吧。」最後，李老師只好這麼說。

日子一天天過去，同學們還是不敢靠近火花兒，就怕被她的火焰燙到、燒著了。

這麼一來，火花兒更是悶悶不樂，甚至不想上學。

一天下午，響亮又緊急的廣播聲，突然傳遍了校園裡的每個角落。

「各位同學，請趕快離開操場！請趕快離開操場！各位同學……」

原來，是夢夢小姐的熱氣球不得不降落在操場上。

夢夢小姐是相當知名的冒險家，她已經乘著熱氣球飛越了五十九個國家！

「唉，熱氣球的加熱器熄火了，怎麼點也點不起來！沒有火，熱氣球就飛不動，我要怎麼繼續冒險啊？」

夢夢小姐雙手叉腰，皺著眉頭看著自己的熱氣球。

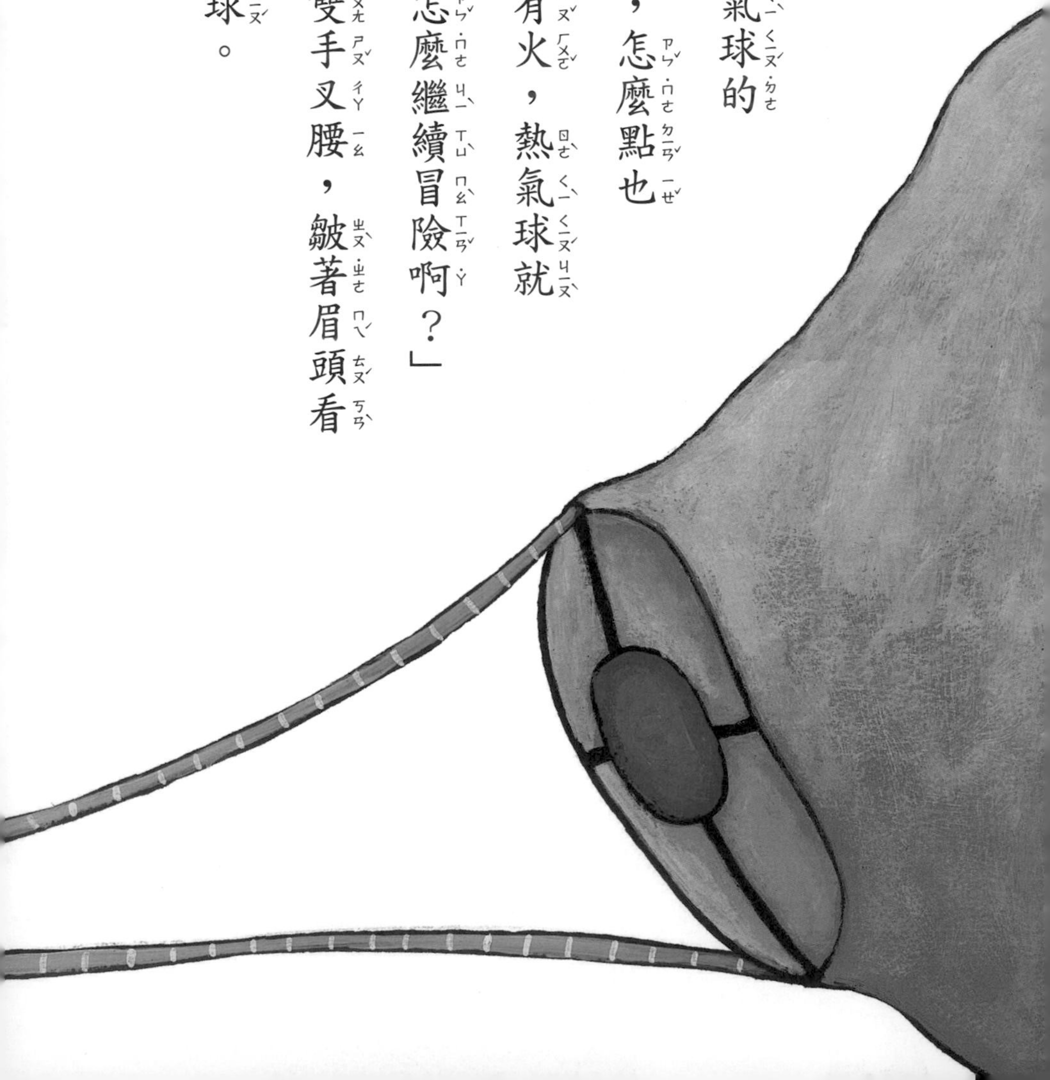

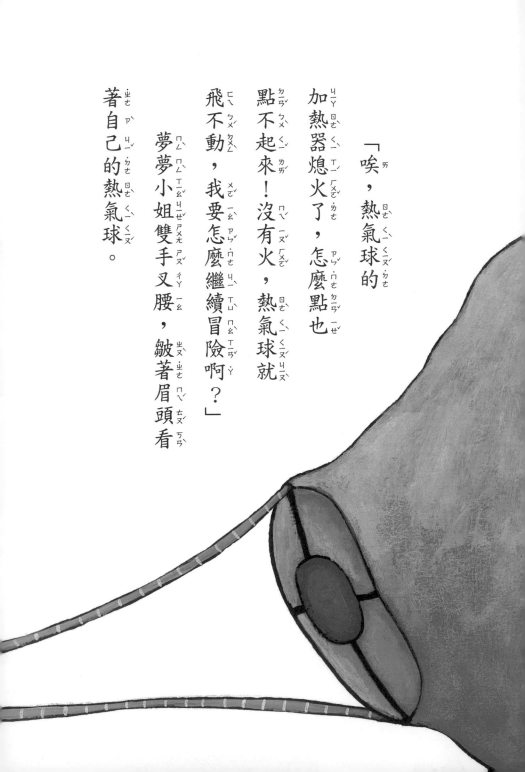

少了熱騰騰的空氣，熱氣球就像洩了氣的氣球一樣，變得越來越扁、越來越小，再也沒有辦法飛行。

「我……我有火，很多很多的火。」

夢夢小姐的身邊，忽然響起一個小小的聲音。

她低頭一看，發現火花兒正抬頭看著她。火花兒的一對小眼睛，就像兩顆發亮的小星星。

「你看。」火花兒說著，從嘴裡吐出一絲小小的、金黃色的火焰。

「哇，真厲害！好，那你試試看吧。」夢夢小姐立刻爽朗的說。

她把火花兒抱進熱氣球的吊籃裡，禮貌的說：「請。」

火花兒深深的吸了口氣，就「呼——」的朝著熱氣球的洞口呼出火焰。

這一次，她非常小心的控制火焰大小和強弱，做得非常好。

慢慢的，熱氣球充飽了熱氣，變得又圓又脹。在夢夢小姐的幫忙下，火花兒還重新點燃熱氣球的加熱器。

「太好了！」夢夢小姐露出滿意的笑容，「為了謝

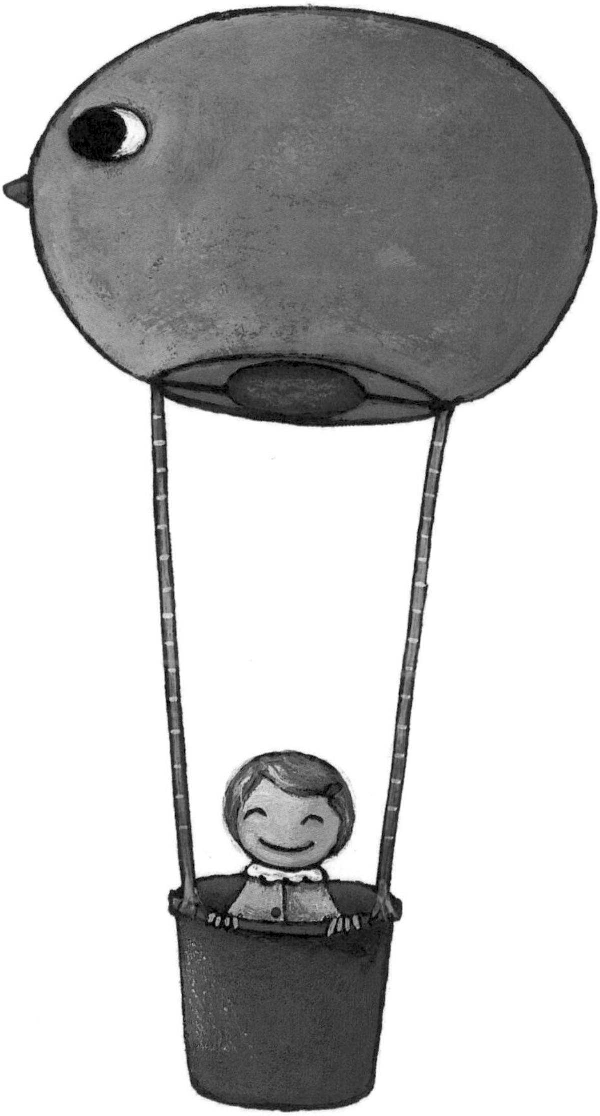

謝你，歡迎和我一起搭乘熱氣球吧。」

火花兒聽了，高興得差點又噴出長長的火柱。

所有的老師和同學都跑來了。大家看著熱氣球緩緩升空，都興奮得拍手鼓掌。

李老師也擺動那兩條穿著花靴子的長腿，喀喀喀的跑了過來。

她笑著朝天空中的火花兒揮手，並且大聲的說：「火花兒，呀呼——！你終於做了一件很棒的事！」

天空好高、好遼闊，熱氣球怎麼飛，都飛不到天空的盡頭。天空底下的風景，就像一條美麗的大花毯，怎麼看也看不完。

火花兒看看站在身邊的夢夢小姐，又看看頭頂上的熱氣球，不禁開心的笑了。

她終於靠著嘴裡的火焰，做了一件很棒的事。

真的很棒！

竹林裡的那盞小燈

◎侯維玲

我家附近有一片濃密的竹林。

幾個月前，它還在窗外的風中輕輕搖曳，彷彿一汪由細細竹葉匯聚而成的翠綠色小海洋。

白天，竹林裡飄滿了青綠、澄澈的陽光；幾棵高大的苦楝會在春天開滿芬香的紫花；隱居的野貓悄悄的穿躍過寂靜小徑；各種昆蟲如帶翅的小精靈在竹林間飛繞；一畦畦假日小菜園長滿鮮嫩的蔬菜和香料植物，彷彿隨時都會展開一場令人驚喜的童話盛宴。

晚上，尤其是沒有月亮和星星的夜晚，從窗口往外看，竹林裡一片漆黑，林子深處經常亮著一盞灰黃的、小小的燈光。

盯著那盞光色詭異的小燈，虎姑婆、鬼妖、樹精、吸血鬼、會噴火的小女孩……

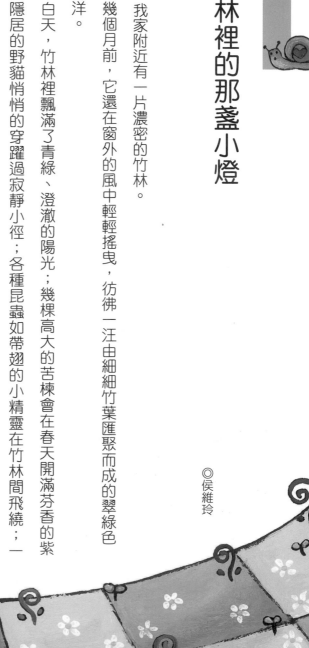

瞬時有如一縷縷魔幻的煙霧，從竹林深處緩緩飛升，飄啊蕩的穿越我家的窗口，在我的小書房角落張牙舞爪、鬼叫低吼……

我喜歡那盞小燈，真的喜歡！更愛那些恐怖又可愛的精靈、鬼怪。

數個月後，竹林不見了。

大怪手夷平了綠竹、菜園和苦楝，建商準備在那裡鋪路和蓋房子。

望著曾經是竹林的空曠建地，我不禁有些失落。

然而，竹林裡的那盞灰黃小燈，卻還在我的心裡亮亮滅滅。

想說故事時，我只要打開心裡的那盞小燈，那些隨著竹林的消失而不知去向的鬼妖、精怪……就會無聲無息的飄進我的小書房，在我身邊鬼叫、亂舞，等著我說出屬於他們的故事。

現在，我把那盞小燈點亮了，準備開始說故事。

如果你也喜歡這些不可思議的小故事，我會一次又一次的點亮心裡的那盞小燈，繼續說個不停……

給喜歡亂按電鈴的小孩

◎黃文玉

亂按電鈴似乎是許多皮小孩會做的事，不知這樣的孩子長大後會變成什麼樣子，會不會跟我一樣，長大後反而非常循規蹈矩，還常常擔心自己會造成別人的麻煩？沒錯！我小時候就是這種皮小孩！所以第一次拿到《危險，請不要按我！》的故事時，忍不住會心一笑，心想：好險，我沒遇到那顆亮得像小星星的按鈕，不然那時的我，鐵定會用力按下去……

或許調皮的因子還藏在血液裡，長大後雖然不是皮「大人」，但特別喜歡恐怖或好笑的故事，看完這個故事後，腦海裡第一個浮出的畫面，就是那些怪物張牙舞爪的模樣，然後就是小杉被嚇得摀住耳朵放聲大叫，十足的「惡人無膽」！至於小杉到底有沒有遇到那些怪物？媽媽背上真的長出三十三顆頭了嗎？這些問題的答案——我也不知道耶！

部落格網址：http://blog.roodo.com/fancymart/

經歷

1981年　畢業於銘傳商業設計，之後一直從事平面設計的工作

1997年　加入圖畫書俱樂部

2001年　成為SOHO族，重心漸漸的從平面設計移到插畫

2006年　以A-yo為名，創立自己的部落格

可以看到A-yo的地方

《巴巴國王變變變》（天下雜誌童書出版）

《國姓爺鄭成功》（聯經）

《可琪受傷了》（靖娟基金會）

《愛生氣的妞妞》（貝樂思）

讓孩子輕巧跨越閱讀障礙

◎親子天下執行長 何琦瑜

在台灣，推動兒童閱讀的歷程中，一直少了一塊介於「圖畫書」與「文字書」之間的「橋梁書」，讓孩子能輕巧的跨越閱讀文字的障礙，循序漸進的「學會閱讀」。這使得台灣兒童的閱讀，呈現兩極化的現象：低年級閱讀圖畫書之後，中年級就形成斷層，沒有好好銜接的後果是，閱讀能力好的孩子，早早跨越了障礙，進入「富者越富」的良性循環；相對的，閱讀能力銜接不上的孩子，便開始放棄閱讀，轉而沈迷電腦、電視、漫畫，形成「貧者越貧」的惡性循環。

國小低年級階段，當孩子開始練習「自己讀」時，特別需要考量讀物的文字數量、字彙難度，同時需要大量插圖輔助，幫助孩子理解上下文意。如果以圖文比例的改變來解釋，孩子在啟蒙閱讀的階段，讀物的選擇要從「圖圖文」，到「圖文文」，再到「文文文」。在閱讀風氣成熟的先進國家，這段特別經過設計，幫助孩子進階閱讀、跨越障礙的「橋梁書」，一直是不可或缺的兒童讀物類型。

橋梁書的主題，多半從貼近孩子生活的幽默故事、學校或家庭生活故事出發，再陸續拓展到孩子現實世界之外的想像、奇幻、冒險故事。因為讓孩子願意「自己拿起書」來讀，是閱讀學習成功的第一步。這些看在大人眼裡也許沒有什麼「意義」可言，卻能有效引領孩子進入文字構築的想像世界。

天下雜誌童書出版，在二〇〇七年正式推出橋梁書【閱讀123】系列，專為剛跨入文字閱讀的小讀者設計，邀請兒文界優秀作繪者共同創作。用字遣詞以該年段應熟悉的兩千個單字為主，加以趣味的情節，豐富可愛的插圖，讓孩子有意願開始「獨立閱讀」。從五千字一本的短篇故事開始，孩子很快能感受到自己「讀完一本書」的成就感。本系列結合童書的文學性和進階閱讀的功能性，培養孩子的閱讀興趣、打好學習的基礎。讓父母和老師得以更有系統的引領孩子進入文字桃花源，快樂學閱讀！

橋梁書，讓孩子成為獨立閱讀者

◎國家教育研究院院長 柯華葳

獨立閱讀是閱讀發展上一個重要的指標。幼兒的起始閱讀需靠成人幫助，更靠圖畫支撐理解。許多幼兒有興趣讀圖畫書，但一翻開文字書，就覺得這不是他的書，將書放在一邊。為幫助幼童不因字多而減少閱讀興趣，傷害發展中的閱讀能力，天下雜誌童書編輯群邀請本地優秀兒童文學作家，為中低年級兒童撰寫文字較多、圖畫較少、篇章較長的故事。這些書被稱為「橋梁書」。顧名思義，橋梁書就是用以引導兒童進入另一階段的書。其實，一本書容不容易被閱讀，有許多條件要配合。其一是書中用字遣詞是否艱深，其次是語句是否複雜。最關鍵的是，書中所傳遞的概念是否為讀者所熟悉。有些繪本即使有圖，其中傳遞抽象的概念，不但幼兒，連成人都可能要花一些時間才能理解。但是寫太熟悉的概念，讀者可能覺得無趣。因此如何在熟悉和不太熟悉的概念間，挑選適當的詞彙，配合句型和文體，加上作者對故事的鋪陳，是一件很具挑戰的工作。

這一系列橋梁書不說深奧的概念，而以接近兒童的經驗，採趣味甚至幽默的童話形式，幫助中低年級兒童由喜歡閱讀，慢慢適應字多、篇章長的書本。當然這一系列書中也有知識性的故事，如《我家有個烏龜園》，作者童嘉以其養烏龜經驗，透過故事，清楚描述烏龜的生活和社會行為。也有相當有寓意的故事，如《真假小珍珠》，透過「訂做像自己的機器人」這樣的寓言，幫助孩子思考要做個怎樣的人。

【閱讀123】是一個有目標的嘗試，未來規劃中還有歷史故事、科普故事等等，且讓我們拭目以待。期許有了橋梁書，每一位兒童都能成為獨力閱讀者，透過閱讀學習新知識。

閱讀123